AF349533

RAPPORT.

De Messieurs les Commissaires nommés par la Faculté de Médecine de Paris, pour se transporter aux Nouvelles Eaux Minérales de Passy, y constater l'état présent des Sources & des Réservoirs, proceder à une nouvelle Analyse, & mettre la Faculté en état d'établir définitivement leur Nature, leurs Vertus Médicinales, & le cas que le Public en doit faire.

RAPPORT

De Messieurs les Commissaires nommés par la Faculté de Médécine de Paris, pour se transporter aux nouvelles Eaux Minérales de Passy, y constater l'état présent des Sources & des Réservoirs, procéder à une nouvelle Analyse, & mettre la Faculté en état d'établir définitivement leur nature, leurs Vertus Médicinales, & le cas que le Public en doit faire.

LE Mercredy, quatriéme Juillet de la présente année 1759, la Faculté ayant été convoquée à la maniére ordinaire, par un billet qui indiquoit le sujet de l'Assemblée, M. *Boyer*, Doyen, y fit lecture d'une Requête adressée à Messieurs les Doyen & Docteurs-Régens de la Faculté de Médécine de Paris, par M. *Louis Guillaume le Veillard* Gentil-

homme Servant ordinaire du Roi , & Propriétaire des nouvelles Eaux Minérales de
Paſſy.

Par cette Requête, ledit ſieur le *Veillard*
repréſente à la Faculté qu'en 1720, à la Requête de la Demoiſelle de *Pouilly*, à qui ap-
partenoie ntalors les nouvelles Eaux Minérales de Paſſy, la Faculté en fit examiner la
nature & les propriétés médicinales, & leur
donna, par ſon jugement, une approbation
authentique, dont quarante années d'uſage
& de débit univerſel, jamais interrompu &
toujours ſoutenu par des effets ſalutaires,
n'ont fait que confirmer les avantages & l'u-
tilité.

Que quoiqu'il y eût tout lieu de ſe flatter
qu'avec de tels garands leſdites Eaux ne ſe-
roient jamais expoſées à perdre un crédit ſi
ſolidement établi & ſi juſtement mérité, il
eſt cependant informé que quelques perſon-
nes, qu'il ſuppoſe plus mal inſtruites que mal
intentionnées , répandent ſur ces Eaux les
bruits les plus déſavantageux, & voudroient
faire croire que les ſources en ſont éteintes,
les principes dénaturés , & les vertus détruites.

Que, dans ces circonſtances, il a cru ne
pouvoir ſe conduire plus prudemment que

d'avoir recours aux lumiéres de la Faculté, feule en droit de prononcer fur de pareilles accufations, & de la prier inftamment de lui accorder des Commiffaires, qui, après s'être rendus à Paffy, avoir examiné les fources & les réfervoirs, & procédé à une nouvellé analyfe, feront enfuite le rapport de leurs différentes opérations à la Compagnie, & la mettront en état de porter un jugement définitif, qui, ou détrompera le Public, fi lefdites Eaux ne méritent plus fa confiance, ou en confirmera de nouveau l'ufage & l'utilité, fi elles n'ont rien perdu de leurs premiéres qualités.

Lecture faite de cette Requête, la matiére mife en délibération, & les voix de chaque Docteurs recueillies, la Faculté qui ne ceffera jamais de veiller à la fûreté publique & à la confervation des citoyens, a admis d'une voix unanime la Requête du Suppliant, & y faifant droit, a nommé fix Commiffaires, Me. François *Mery*, Me. Jean-Baptifte Louis *Chomel*, Me. Louis Alexandre *Vieillard*, Me. Louis Jean-Baptifte *Cofnier*, Me. Jacques François *Latier*, & Me. Jean-Baptifte François de *la Riviere*, tous Docteurs-Régens, aufquels elle a enjoint de fe tranfporter aux nouvelles Eaux Minérales de Paffy, d'y conftater l'état préfent des réfervoirs.

& des sources, de procéder à une nouvelle
analyse, & ensuite de lui faire un rapport qui
puisse la mettre en état de porter un Jugement définitif.

En conséquence, Nous les six Commissaires nommés ci-dessus, nous nous sommes
transportés avec M. *Boyer*, notre Doyen, aux
nouvelles Eaux Minérales de Passy, le Jeudy
19 Juillet, & d'abord nous avons puisé nous-
mêmes dans les réservoirs des trois différentes sources, plusieurs verres d'eau, sur les-
quels, après les avoir tous goutés, nous avons
fait sur le champ, soit avec une forte infusion de noix galle, soit avec l'alkali fixe,
l'alkali volatil & la dissolution du sublimé
corrosif, les expériences qui ne demandent
pas le secours du feu, & indiquent cependant, en bonne partie, les principes qui com-
posent les Eaux Minérales.

Comme le lendemain, pour plus grande
précision, nous avons répété les mêmes expériences dans le laboratoire de la Faculté,
sur une partie de la quantité d'Eau des trois
sources que nous avions puisée dans les réservoirs, & apportée nous-mêmes de Passy
dans des bouteilles cachetées ; pour abréger
& éviter les répétitions, nous n'en parlerons
que dans un instant, lorsque nous vous ren-

drons compte de l'analyſe de ces Eaux, que précédera l'expoſé de nos expériences.

Les expériences qui ſe peuvent faire ſur le champ & ſans le ſecours du feu, une fois miſes en uſage, nous n'avons rien eu de plus à cœur que de conſtater l'état des réſervoirs & des ſources, d'examiner ſi les ſources pouvoient être ſoupçonnées d'être éteintes, ou au moins diminuées en grande partie, & hors d'état de fournir aux beſoins de cette Capitale, & enfin d'employer tous les moyens capables de nous faire découvrir ſi l'art n'y remplaçoit pas la nature.

Pour y parvenir, nous ſommes deſcendus dans les réſervoirs qui contenoient alors une aſſez grande quantité d'eau que nous avons vue augmenter ſenſiblement, d'où il s'enſuit que les ſources ne ſont point éteintes, & fourniſſent aujourd'hui, comme par le paſſé, une quantité d'eau plus que ſuffiſante pour les beſoins du Public; mais comme le volume d'eau que contenoient les réſervoirs ne nous permit pas alors d'appercevoir le fond des baſſins, & ce qu'il contenoit, d'où partoient préciſément les Eaux, articles qui nous paroiſſoient eſſentiels à approfondir, nous terminâmes là nos opérations du 19 Juillet, & de retour à Paris, ſans perdre de

vûe notre objet capital, c'est-à-dire, le deſ-
ſein où nous étions do nous aſſurer tôt ou
tard du fond des réſervoirs, nous avons fait,
auſſi exactement qu'il nous a été poſſible,
l'analyſe deſdites nouvelles Eaux Minérales
de Paſſy.

Notre analyſe faite le Jeudy 9 d'Août,
nous les ſix Commiſſaires, & M. *Boyer*, notre Doyen, nous nous tranſportâmes à Paſſy
ſur les trois heures & démie de relevée, &
ayant fait vuider les baſſins devant nous,
nous y deſcendîmes preſqu'à pied ſec. Notre
premier ſoin fut d'en examiner le fond, &
nous n'y avons trouvé autre choſe qu'une
couche médiocrement épaiſſe d'une terre li-
moneuſe, couleur d'ocre, & telle que la dé-
poſent toujours au fond de leur baſſin toutes les Eaux naturelles Minérales ferrugineuſes. Nous voulumes enſuite ſçavoir d'où
venoient les Eaux ; & nous les vîmes aiſé-
ment ruiſſeler en abondance de pluſieurs
endroits, mais principalement de deux des
angles & du milieu du baſſin, toujours de
la même limpidité, & imprimant le même
goût ſur la langue, de ſorte que nous pouvons aſſurer la Faculté que les réſervoirs
ſont actuellement dans le même état qu'ils
ont toujours été, que le fond des baſſins

ne contient rien que le dépôt ordinaire de la nature, que les Eaux ruiſſélent de différens endroits, qu'ayant parcouru tous les ſouterains qui entourent & avoiſinent les ſources, l'art ne s'eſt manifeſté en aucun endroit, & que, par l'analyſe que nous avons faite deſdites Eaux, & dont nous allons vous rendre un compte exact, auſſi bien que des différentes expériences dont nous nous ſommes ſervis tant à Paſſy qu'aux Ecoles ; nous ne croyons pas qu'il fût poſſible à l'Artiſte le plus habile, au Chymiſte le plus expérimenté, de les contrefaire, & de leur donner la même combinaiſon de principes, d'où dépendent leurs effets.

ANALYSE

Des Nouvelles Eaux Minérales de Paſſy, faite par Meſſieurs Mery, Chomel, Vieillard, Coſnier, Latier *& de* la Riviere, *Docteurs-Régens de la Faculté de Médécine en l'Univerſité de Paris, nommés par elle à cet effet, dans une Aſſemblée tenue le 5 Juillet 1759.*

LEs nouvelles Eaux Minérales de Paſſy ſont diviſées en trois ſources qui n'ont point d'autre nom que celui de *Premiére, Seconde & Troiſiéme Source.*

L'Eau de la premiére ſource eſt auſſi limpide que l'eau de riviére filtrée ; à l'égard de l'eau de la ſeconde & troiſiéme ſource, elles en différent peu, & cette différence n'eſt ſenſible que dans l'eau de la troiſiéme, qui eſt un peu plus blanchâtre.

Sur la ſurface des Eaux dans les réſervoirs de la premiére & ſeconde ſource, on apperçoit une couche ou Iris extrêmement tenue, qui occupe toute la superficie du baffin, & eft femblable à une couche de rouille de fer : cette même couche s'obferve fur les Eaux que l'on fait épurer à l'air libre, mais elle eft très-peu fenfible dans le réfervoir de la troifiéme fource.

L'Eau de la premiére fource mife dans la bouche, y laiffe un goût martial : ce goût eft le même dans l'Eau de la feconde fource ; mais ce n'eft qu'après un peu de tems qu'il fe fait appercevoir : l'Eau de la troifiéme fource eft abfolument infipide. En général, l'Eau de la premiére & feconde fource a un goût douceâtre, martial, mêlé d'une légére aftriction.

EXPERIENCES

Faites à Paſſy, & repétées à Paris dans le Laboratoire de la Faculté, fur l'Eau des trois Sources.

Pemiere Source.

20 Gouttes d'une forte infufion de noix

galle, mêlées avec quatre onces d'Eau, lui
ont donné une couleur rougeâtre qui a passée
successivement au noir très-foncé, & on a
apperçu très-aisément le dépôt du fer.

20 Gouttes d'alkali fixe bien pur dans une
même quantité d'Eau, ont donné un précipité d'un blanc verdâtre.

20 Gouttes d'alkali volatil dans une même quantité d'Eau, ont donné un précipité
de couleur verdâtre, & nous y avons vû
nager des flocons assez lourds, d'un verd
foncé.

Quatre onces de la même Eau ont verdi
avec deux gros de sirop violat.

20 Gouttes de dissolution de sublimé corrosif, faite dans l'Eau distillée de riviére, &
étendue ensuite dans quatre onces de notre
Eau, l'ont fait loucher, & il s'est fait un
dépot peu considérable d'un jaune fort clair.

II. Source.

20 Gouttes d'infusion de noix de galle,
dans quatre onces de cette Eau, ont donné
une couleur moins foncée que dans l'Eau de
la premiére.

20 Gouttes d'alkali fixe, dans la même
quantité d'Eau, ont précipité une matiére
moins verdâtre.

20 Gouttes d'alkali volatil, dans la même quantité d'Eau, ont donné, comparaison faite avec la premiére, un précipité moins verdâtre, & l'on a vu nager dans la liqueur des flocons légers & moins foncés.

III. Source.

20 Gouttes d'infusion de noix de galle, sur quatre onces d'Eau, n'ont donné que la couleur de l'infusion.

20 Gouttes d'alkali fixe, dans la même quantité d'Eau, ont produit une couleur laiteuse, & il s'est fait un précipité blanchâtre.

20 gouttes d'alkali volatil, dans un même volume d'Eau, l'ont fait loucher, quoique très-peu, sans produire de flocons & sans donner à l'Eau une couleur verte.

Sur les Eaux épurées.

20 Gouttes d'infusiion de noix de galle, n'ont donné à quatre onces d'Eau, que la couleur de l'infusion.

20 Gouttes d'alkali fixe, versées sur une même quantité d'Eau, l'ont blanchie & ont donné un précipité assez considérable.

20 Gouttes d'alkali volatil, fait par la

chaux, & étendues dans le même volume d'Eau, n'ont donné aucun précipité, & l'Eau est restée constamment la même.

20 Gouttes d'alkali volatil, fait avec le sel de tartre, & versées sur la même quantité d'Eau, l'ont blanchie beaucoup plus promptement que n'ont fait les 20 gouttes d'alkali fixe, & le précipité a été aussi beaucoup plus considérable, phénomène dont, jusqu'à présent, nous n'avions eu aucune connoissance.

Ni l'alkali volatil fait par la chaux, ni l'alkali volatil fait avec le sel de tartre, n'ont donné aucune couleur bleue à l'Eau, ce qui prouve qu'on ne peut pas soupçonner de cuivre dans ces Eaux.

Distillation des Eaux.

Nous avons distillé, dans une cornue de verre, au bain de sable, une livre de l'Eau de la première source, non épurée.

Pendant l'opération, il ne se forme point d'iris à la surface de la liqueur, mais on y voit quelques particules brillantes qui d'abord gagnent le haut, mais bientôt après, en devenant plus denses, se précipitent, & vont au fond, où elles forment de vrais cristaux. La distillation une fois finie, l'Eau du récipient est tout-à-fait limpide, sans odeur, sans goût, & n'est susceptible d'aucun changement, telle tentative que l'on puisse faire.

Ce qui reste enfin dans le vaisseau après la distillation, est de couleur rougeâtre, d'un goût martial & salin.

ÉVAPORATION

Des Eaux, faite d'abord sur une pinte d'Eau de la premiére Source, épurée & non épurée, & répétée ensuite sur l'Eau de chaque Source, tant épurée que non épurée.

NOus avons fait évaporer jusqu'à siccité, mais à une chaleur très-lente, une pinte d'Eau non épurée de la premiére source, & il nous est resté soixante & douze grains d'une matiére que nous ferons connoître dans un instant.

Une même quantité d'Eau épurée de la premiére source, évaporée de la même maniére & avec les mêmes précautions, nous a fourni quarante-huit grains de matiére;

l'on doit donc conclure qu'il y a dans une pinte d'Eau non épurée, vingt-quatre grains de matiére quelconque de plus que dans la pinte d'Eau épurée.

Nous n'avons eu d'autre but dans cette premiére évaporation, que de ſçavoir la quantité de matiére quelconque que contenoit une pinte d'Eau de la premiére ſource, épurée & non épurée; mais, par les expériences que nous avons faites dans l'évaporation de l'Eau de chaque ſource en particulier, non épurée, dont nous allons rendre compte, nous nous ſommes mis en état de découvrir quelle eſt cette matiére, ſa nature, ſes principes, & nous les démontrerons.

PREMIERE SOURCE.

Nous avons fait évaporer juſqu'à ſiccité, au bain-marie, une pinte d'Eau : à meſure que l'évaporation s'eſt faite, l'Eau s'eſt troublée, & nous avons vû pluſieurs petits criſtaux plats & légers, qui, en ſe formant, ſe tenoient ſuſpendus dans la liqueur ; mais, dès que la liqueur a été diminuée d'un tiers, ces cryſtaux ſe ſont précipités avec une matiére rougeâtre, la liqueur eſt devenue claire & ne s'eſt plus troublée.

Vers la fin de l'évaporation, la matiére
eſt

eſt devenue brune & graſſe au toucher, ce
qui en a retardé le deſſéchement. Lorſqu'elle a été entiérement deſſéchée, elle a
peſé ſoixante & douze grains, & elle avoit
un goût martial & de ſel commun.

Les mêmes Phénoménes ont été obſervés
ſur une pareille quantité d'Eau, évaporée
dans une capſule de verre, au bain de ſable,
les réſidences ont été les mêmes, & il nous
eſt reſté après l'évaporation une matiére d'un
jaune approchant de la couleur d'une bri-
que pulveriſée, légere, talqueuſe, péſant
ſoixante & douze grains, d'un goût martial
& ſalin.

En ne perdant point de vûe tout ce qui ſe
paſſe dans l'opération, on diſtingue dans les
réſidences trois parties différentes: d'abord une
terre rougeâtre, qui occupe le fond, enſuite
une concrétion talqueuſe au-deſſus, & au-
tour des bords quelques parties ſalines, d'un
jaune orangé.

La quantité d'eau que nous avons fait
évaporer dans chacune des expériences que
nous venons de rapporter, étoit de treize pintes, & nous a donné dans l'une comme dans
l'autre, un réſidu du poids de ſoixante &
douze grains.

Enſuite nous avons fait évaporer une pinte

B

d'eau, à la réduction de quatre onces, &
nous avons versé cinq à six gouttes d'infusion
de noix de galle, sur deux gros de cette eau
ainsi réduite, alors l'eau a pris une couleur
légérement noirâtre, & par l'addition que
nous avons faite au mélange de quatre
onces d'eau de riviére distillée, toute la liqueur a noircie sur le champ, & il s'est fait
un précipité dont il n'a pas été possible d'évaluer la quantité.

Huit livres d'eau de la prémiere source
ont été évaporées à feu nud, & réduites à
trois onces cinq gros & demi, la même
quantité d'infusion de noix de galle versée
goutte à goutte sur deux gros de cette eau
ainsi réduite, a donné une couleur sembla-
ble à celle de la précédente expérience. Nous
avons versé ensuite sur le mélange seize onces d'eau de riviére distillée ; la liqueur a
noirci sur le champ, & il s'est fait un précipité très-prompt, dont nous n'avons pû
évaluer la quantité. L'état extrême de divi-
sion & d'attenuation, dans lequel le fer est
réduit dans ces Eaux, en est la véritable &
unique cause.

La quantité d'eau restante après l'évaporation dans l'une & l'autre expérience, étoit aussi
limpide que l'eau épurée, le goût de fer y

étoit très-fensible, & on reconnoissoit aisé-
ment la faveur du sel de Glauber par son
amertume & sa fraîcheur.

Dans toutes ces expériences, à la surface
de l'eau, l'iris est la même que celle qui
s'obferve dans les eaux, que l'on fait évaporer à l'air libre.

II. Source.

Nous avons obfervé la même manipulation, que pour les eaux de la prémiere
fource, & la matiére qui est restée après
l'évaporation péfoit foixante-six grains : Elle
étoit talqueufe, moins foncée en couleur,
d'un goût moins martial, & beaucoup plus
falin.

III. Source.

La manipulation a été la même, & la
matiére qui nous est restée péfoit foixante &
quinze grains : Elle étoit auffi talqueufe, un
peu graffe au toucher, d'un blanc fale, d'un
goût très-légérement martial, moins falin,
plus terreux.

Toutes ces matiéres retirées des Eaux des
trois fources, attirent fenfiblement l'humidi-
té de l'air.

Eaux Épurées.

Nous avons fait évaporer jufqu'à ficcité,

au bain-marie dans une terrine de grès neuve , une pinte d'eau épurée ; pendant toute l'évaporation l'eau est toujours restée claire : Il s'est fait sur la fin un dépôt de matiére talqueuse , blanchâtre , imitant assez - bien pour sa légéreté le sel sédatif crystallisé , un peu salé , & légérement frais , pesant quarante-huit grains. Nous avons débarrassé les quarante-huit grains de tout le sel qu'ils pouvoient contenir ; par la dissolution que nous en avons faite dans l'eau , il nous est resté sur le filtre vingt grains environ , que l'on n'a pû dissoudre , & que nous regardons comme une vraie sélénite.

DÉMONSTRATION

Des principes contenus dans les Eaux.

PREMIERE EXPERIENCE.

Pour la Démonstration du Fer.

NOUS avons pris douze pintes d'eau de la prémiere source , que nous avons fait dépurer nous mêmes , en les exposant au soleil.

La dépuration qui a été quinze jours à se faire , nous a fourni un dépôt qui ne pésoit que quatre grains, ce qui nous a mis dans l'impoſſibilité de pouvoir le ſoumettre à des expériences. Pour nous en procurer une quantité ſuffiſante, nous avons été obligés de prendre de celui qu'on trouve à Paſſy même, dans la dépuration en grand. Nous avons donc fait rougir au feu de reverbére, dans un creuſet exactement couvert, deux onces du dépôt, que font les eaux lorſqu'on les fait épurer. Il nous eſt reſté après l'opération une once trois gros de matiére lourde & peſante, couleur de fer, qui, eſſayée avec la pierre d'aimant, s'y eſt attachée très-facilement, propriété reconnue par tous les Chymiſtes, comme eſſentielle au fer parfait, & dont une terre ferrugineuſe, le fer même une fois privé de ſon principe inflammable, ne jouiſſent plus.

II. Experience.

Nous avons fait diſſoudre un gros de dépôt de ces eaux, dans ſuffiſante quantité d'eſprit de vitriol ; la liqueur filtrée, nous l'avons étendue dans une ſuffiſante quantité d'eau pour qu'elle n'agaçât plus les dents : Pour lors nous avons verſé ſur cette diſſolution quelques gouttes d'infuſion de noix de galle, qui tout à coup ont noirci la liqueur,

& la couleur est devenue absolument sem-
blable à celle que l'eau de la prémicre source
acquiert avec la noix de galle.

Cette seconde expérience est aussi convain-
cante que la prémicre ; car si le fer dans le
dépôt même n'étoit pas encore uni à son
flogistique, l'acide vitriolique ne l'attaque-
roit plus.

Nous pouvons aussi conclure de cette
expérience, que la combinaison de l'acide
vitriolique avec la terre martiale dans les
eaux, est parfaitement exacte & sans aucune
surabondance ; car si on n'étend pas la liqueur jusqu'à la rendre insipide, le dépôt ne
peut pas se faire, l'acide surabondant tient
toujours le fer suspendu, & la liqueur reste
constamment verte.

Il ne paroît pas que l'on puisse former
aucun doute sur la présence du fer, dans les
nouvelles Eaux Minérales de Passy. Toutes
nos expériences en sont des preuves incon-
testables; mais comme il est démontré en
Chymie que ce métal ne peut rester suspendu
dans ces eaux qu'à la faveur d'un dissolvant,
il étoit question de découvrir la nature de
ce dissolvant dans les Eaux de Passy, &
c'est pour nous en assurer que nous avons
tenté l'expérience suivante.

DÉMONSTRATION

De l'Acide sulphureux volatil dans les Eaux.

Nous avons fait évaporer à feu nud, soixante & dix pintes d'Eau non épurée de la prémiere source. Nous avons obtenu une masse péfante environ dix onces, que nous avons lefcivée à plufieurs fois dans l'eau bouillante, pour en féparer tout le fel. Nous avons fait évaporer cette eau jufqu'à ficcité, & nous avons diftillé dans une cornue de verre, au feu de reverbere, la matiére qui nous eft reftée; à une chaleur très-mediocre il s'eft élevé des vapeurs, qui infenfiblement fe font condenfées, & ont formé des gouttes qui fe fuivoient de très-près. Pendant la diftillation à la faveur d'un tuyau de verre, dont un bout plongeoit fort avant dans le bâlon, & l'autre extrêmité fortoit très-loin des jointures, nous avons fenti une odeur de foufre allumé, tellement vive & péné- trante, que l'on avoit de la peine à la fou- tenir long-tems. Le bâlon fur les derniers tems de l'opération s'eft obfcurci confidéra- blement; & nous avons vû paroître le long du vaiſſeau des ſtries, ſemblables à celles qu'on obſerve dans la diſtillation des liqueurs ſpiritueuſes. C'eſt cet eſprit volatil ſulphureux qui tient en diſſolution le fer dans les eaux, puiſqu'on l'obtient ſans que pour cela le ſel de Glauber, qui conſtitue une bonne partie de la réſidence Saline que nous avons diſtillée, ſoit décompoſé ; c'eſt ce dont nous nous ſommes aſſurés, en diſſolvant dans l'eau ce qui eſt reſté dans la cornue, & le mettant cryſtalliſer après l'avoir filtré & fait évaporer.

DEMONSTRATION
Du Sel de Glauber.

Nous avons privé de tout leur ſel dix gros de matiére, qui reſtoient après l'évaporation juſqu'à ſiccité de dix pintes d'eau non épurée de la prémiere ſource. Après avoir filtré la liqueur, il s'eſt trouvé cinq gros de matiére que l'eau avoit diſſoute. C'eſt dans cette diſſolution que nous avons cherché les différens ſels contenus dans les Eaux, pour nous aſſurer de leur nature, & de leur quantité reſpective. Nous avons donc fait évaporer lentement cette diſſolution, & nous avons obtenu au bout de pluſieurs jours, de très-

beaux cryſtaux de ſel de Glauber, reconnoiſſables par leur configuration en colonnes
quarrées, taillées aux extrémités en facettes
de diamant, & par le goût amer, ſuivi de
fraîcheur.

Par ce même procédé nous avons cû
quelques cryſtaux de ſel marin, très-diſtincts
des autres, & très - reconnoiſſables auſſi par
leur figure cubique, leur goût ſalé ordinaire,
& la décripitation ſur le feu.

Nous devons faire remarquer ici, que ce
n'a été qu'après pluſieurs jours d'un travail
ſuivi, que nous ſommes parvenus à avoir les
cryſtaux de ſel de Glauber dans leur vraie
criſtalliſation. La difficulté que nous avons eue
à ſurmonter dans notre travail, venoit d'une
portion de matiére épaiſſe, & de quelques
parties ferrugineuſes, extrêmément diviſées,
qui s'interpoſoient dans la cryſtalliſation du
ſel, & l'empêchoient de prendre ſon vrai cara
ctére & ſa figure reguliére.

Nous avons donc été obligés de diſſoudre
cette maſſe de ſel informe dans l'eau, pour
la priver de toute matiére graſſe, & de cette
portion ferrugineuſe, qui y étoit étroitement
attachée, & par ce procédé nous ſommes
parvenus à avoir la cryſtalliſation du ſel de
Glauber, & du ſel marin, auſſi parfaite l'une

& l'autre que nous la pouvions défirer ; c'eft cette matiére que quelques Auteurs ont fans doute regardé avec jufte raifon, comme l'Eau-mere du fel marin.

EXPERIENCE

Pour la Démonftration de la Sélénite.

Nous avons mêlé enfemble deux fcrupules de matiére, qui nous eft reftée après l'évaporation jufqu'à ficcité, & qui n'a pû fe diffoudre dans l'eau, deux fcrupules d'alkali fixe, & vingt grains de poudre de charbon : le mêlange fait, nous l'avons mis dans un creufet, placé dans le fourneau de reverbere pendant une heure. Nous avons eu après l'opération une matiére noirâtre, d'une odeur forte d'hepar fulphuris, qui diffoute dans l'eau, & filtrée, a donné à l'eau une couleur verdâtre. La portion de fer, reftée dans nos quarante-huit grains de matiére, a été attaquée par l'hépar, qui s'eft fait de l'union de l'acide vitriolique contenu dans la maffe avec le flogiftique du charbon. Cette liqueur filtrée, & quelques gouttes de vinaigre verfées deffus, ont donné un vrai foufre, reconnoiffable par fa couleur & fon odeur.

Cette même matiére reftée après l'évapo-ration de nos Eaux, traitée avec l'alkali fixe de Nître, diffoute enfuite dans l'eau chaude, & filtrée pour débarraffer la liqueur d'une grande partie de terre qui ne peut fe dif-foudre, donne un vrai tartre vitriolé.

DÉMONSTRATION
De la Terre Alkaline.

Nous avons pris un demi gros de cette poudre blanche contenue dans les réfiden-ces de la troifiéme fource, nous avons verfé deffus quelques gouttes d'acide de vinaigre, & il s'eft fait un mouvement d'effervefcence; mais elle eft attaquée plus vivement par les acides tirés du regne minéral, & le mou-vement d'effervefcence qui s'y excite, eft beaucoup plus marqué, & la diffolvent.

Telle eft, Meffieurs, l'Analyfe que nous avons faite des nouvelles Eaux de Paffy. Telles ont été les différentes expériences que nous avons mifes en ufage, tant à Paffy fur les lieux, qu'à Paris, pour parvenir à confta-ter la nature defdites Eaux, & les principes dont elles font compofées.

Par cette Analyfe & ces expériences nous vous avons démontré que les nouvelles Eaux de Paſſy renferment en elles-mêmes un vrai vitriol de Mars, du ſel de Glauber naturel, du ſel marin, une terre alkaline, & de la ſélénite ; par conſéquent c'eſt avec juſte raiſon que ces Eaux ont été appellées *nouvelles Eaux Minérales ferrugineuſes de Paſſy* : Que par la connoiſſance que tout Médecin doit avoir des effets que produiſent ces différentes matiéres unies & combinées enſemble, elles peuvent & doivent être très-utiles dans les maladies chroniques & d'obſtruction, toutes les fois qu'il s'agira de lever les embarras, cauſés par l'épaiſſiſſément des liqueurs, & la diminution du reſſort des ſolides, & qu'enfin ces Eaux doivent être regardées comme un reméde d'autant plus ſalutaire qu'il eſt donné des mains de la ſimple nature.

Mais comme la Faculté, Meſſieurs, nous a moins chargés de nous aſſurer de la nature des nouvelles Eaux de Paſſy, des principes qui les compoſent, & des vertus qui leur ſont propres, que d'examiner avec la derniere attention, ſi les bruits qui ſe ſont repandus *de ſources éteintes, de principes dénaturés, & de vertus détruites,* ſont fondés en raiſon, pour remplir l'étendue de notre miſſion, nous n'héſiterons pas à vous confirmer, que les deſcentes que nous avons faites ſur les lieux ;

le fond des baſſins que nous avons fait mettre à ſec, & fouillé à différentes repriſes, les plus petits coins & recoins qui n'ont point échapés à nos recherches, les Eaux que nous avons vûes ruiſſeler en abondance, & de pluſieurs endroits, leur limpidité & leur ſaveur, le caractère de la Nature qui s'eſt manifeſté partout, & enfin notre Analyſe, & nos expériences doivent convaincre tout eſprit raiſonnable, qu'actuellement aux nouvelles Eaux Minérales de Paſſy, les Eaux y coulent de la même maniere qu'en 1720, que la Faculté s'y tranſporta pour la prémiere fois, & en quantité plus que ſuffiſante pour fournir aux beſoins des Citoyens, que leur nature & la combinaiſon de leurs différens principes n'étant point changées, il eſt impoſſible que leurs vertus Médicinales ſoient détruites, & que les bruits déſavantageux qui ſe font répandus au ſujet deſdites Eaux, ne peuvent partir que de la prévention, ou de l'ignorance.

Nous concluons donc, Meſſieurs, en finiſſant notre rapport, que, ſi la Faculté n'a pas héſité en 1720, pour le bien & l'utilité publique, de mettre en crédit par ſon approbation des Eaux, qui n'avoient pas encore l'attache & le ſceau de l'expérience confirmée, elle doit aujourd'hui par un Décret authentique affermir les Citoyens dans la confiance qui eſt dûe aux mêmes Eaux, ſur l'utilité deſquelles quarante années d'uſage & d'effets ſalutaires, ſous les yeux des Médecins, ne permettent pas de former aucun doute.

M E R Y. C O S N I E R Fils, Profeſſeur des Écoles.

C H O M E L, Cenſeur. L A T I E R.

V I E I L L A R D. D E L A R I V I E R E.

EXTRAIT

DES REGISTRES,

De la Faculté de Medécine en l'Université de Paris.

LE Mercredi 5 Septembre, Meſſieurs *Mery, Chomel, Vieillard, Coſnier, Latier, & de la Riviere,* nommés par la Faculté de Médecine, pour ſe tranſporter aux nouvelles Eaux Minérales de Paſſy, y conſtater l'état préſent des ſources & des réſervoirs, procéder à une nouvelle analyſe, & mettre la Faculté en état de décider ſi les bruits qui ſe ſont répandus contre leſdites Eaux ſont faux, ou bien fondés, ayant fait leur rapport.

La Faculté a jugé que les nouvelles Eaux Minérales de Paſſy, ſont aujourd'hui dans le même état où elles étoient en 1720, & qu'elles n'ont rien perdu de leurs prémieres qualités, que les bruits *de ſources éteintes, de principes dénaturés, & de vertus détruites,* qui ont été ſémés dans Paris, ſont l'ouvrage de la prévention & de l'ignorance, & que lefdites Eaux ne peuvent que continuer à être très-utiles dans les maladies d'embarras & d'obftruction, caufées par l'épaififfement des liqueurs, & la diminution du reffort des folides.

En conféquence, la Faculté a ordonné qu'il fera délivré par le Doyen, à M. Le Veillard, Gentilhomme Servant ordinaire du Roi, & Propriétaire des nouvelles Eaux Minérales de Paffy, Copie, tant de la nouvelle Analyfe & du Rapport fait par les fix Commiffaires, que du Jugement de la Faculté, laquelle Copie fera fignée defdits Commiffaires, & revétue du Sceau de la Faculté, avec Permiffion au Sieur Le Veillard, d'en faire tel ufage qu'il avifera bon être.

Je fouffigné certifie ledit Extrait ci-deffus conforme à l'original. A Paris, ce fix Octobre 1759.

Signé, B O Y E R, Chevalier de l'Ordre du Roi, Doyen de la Faculté de Médecine de Paris.

De l'Imprimerie de la Veuve Quillau, Imprimeur de la Faculté de Médecine. 1759.